*Le vrai miracle n'est pas de marcher
sur les eaux ni de voler dans les airs :
il est de marcher sur la terre.*

Houeï Neng

Mars • 450 kilomètres entre l'**Enfer** et le **Paradis**

KM0

L'Enfer. Commune de Cléguer (Morbihan). Larousse : « L'Enfer : lieu destiné au supplice des damnés. » enfer et le paradis • celui qui marche entre l'enfer et le

Je suis allé de l'Enfer au Paradis à pied.
L'Enfer est un hameau situé dans le Morbihan. Le Paradis est un lieu-dit situé en Charente. 450 kilomètres les séparent ; je les ai parcourus à pied, au plus près d'une ligne droite tracée sur la carte.

J'espérais pour cette traversée un scénario à la hauteur de ce que ses extrémités laissaient augurer. L'enfer, le paradis, tout de même, ce n'est pas rien. Il s'agissait d'aller voir de quoi l'au-delà était fait. La nature dépassa mes espérances, un ciel tourmenté m'accompagnant une bonne partie du chemin. Les éléments déchaînés me poussèrent vers le Paradis, et je parcourus l'essentiel des 450 kilomètres poussé par un fort vent d'ouest secouant les haies, déséquilibrant le corps, glaçant les oreilles. J'ai longé les côtes du Morbihan, tutoyé la Vilaine, longé la Brière, traversé la Loire à Saint-Nazaire en rampant sur le pont géant. Gauche, droite. Gauche, droite.

J'ai arpenté le pays de Retz, atteint la très croyante Vendée qui m'introduisit naturellement au Paradis. Gauche, droite. Gauche, droite. J'ai croisé sur mon chemin Maryse et Michel, Gaël, Romaric et Laurent, Suzanne, Sofia et Pierrick, Claude dit Cloclo, Benjamin et Sylvie, Marcel et Jeanne, Thérèse, Michel, Paul et Laurence, René, Sylviane, Marcel, et tous les autres encore. J'ai dormi dans des lits à baldaquin, des hôtels borgnes, des bonbonnières et des maisons obscures. Et je suis arrivé au Paradis sous la pluie. Il y avait donc entre l'Enfer, que j'avais quitté sous la pluie, et le Paradis, bien peu de différence. Distrait par cette pensée, je détruisis par mégarde une partie de mes photos en arrivant au Paradis. J'en restais abasourdi, assis sous la pluie à méditer sur la volatilité du temps présent et les mystères de l'au-delà. Je ne pouvais en rester là, car je voulais voir le Paradis au soleil. Je suis donc resté quelque temps sur place jusqu'à ce que le Paradis, certes modeste hameau, soit plus conforme à ce qu'on m'en avait dit. Et le miracle eut lieu.

L'Enfer. Km 0. **Maryse et Michel habitent l'Enfer.** Ils affirment avoir vécu l'enfer en famille avant de venir s'installer à l'Enfer. Pour eux, l'Enfer, c'est le paradis. Dans la rue. Avec leur chien. Ciel gris d'un dimanche après-midi d'hiver. Voitures en codes. De temps en temps.

[Pour vous, que signifie l'expression « faire son chemin » ?]

Faire son chemin dans la vie, c'est suivre la route qu'on s'est tracée. C'est suivre son objectif, avancer quoi qu'il arrive.

[Le Paradis est au bout de mon chemin. Qu'y a-t-il au bout du vôtre ?]

(*Rires.*) J'espère que ce sera ça aussi pour moi. Le paradis, c'est le nirvana pour d'autres. Pour nous, c'est surtout arriver au bout sans trop de catastrophes. Je pense que le pire est derrière nous. Nous verrons bien…

[Finalement qu'est-ce qui compte : l'endroit où l'on va ou le chemin qui y conduit ?]

C'est l'endroit où l'on va. Cela dit, tous les chemins mènent à Rome ; peu importe le trajet du moment qu'on arrive au bout.

marche entre l'enfer et le paradis • celui qui marche entre l'enfer et le paradis • celui qui marche entre l'enfer et le paradis • celui qui marche entre l'enfer et le paradis • celui qui marche   Vers Le Bono. le paradis •

KM48

Km 40. Gaël, Romaric et Laurent sont venus ici faire la fête. Des trois étudiants rennais, Gaël est le plus intrigué, Romaric le plus taciturne, Laurent le plus saoul. Sur le port d'Auray, le matin, dans l'air transparent d'un anticyclone hivernal. Cannettes de bière à la main. Démarche mal assurée. Ont-ils dormi ? Pas sûr.

[Pour vous, que signifie l'expression « faire son chemin » ?]

– C'est idiot comme question !
– Non, moi, je trouve au contraire que c'est une bonne question. Faire son chemin, c'est suivre le chemin que tu traces sans te poser de questions, tout en suivant ton destin.

[Le Paradis est au bout de mon chemin. Qu'y a-t-il au bout du vôtre ?]

– Pour l'instant, je n'ai pas trouvé mon chemin ; il n'y a rien au bout. Je ne sais pas où aller et, du coup, je ne sais pas non plus comment y aller. Alors je suis ici ce matin… en attendant.
– Moi, j'ai trouvé un « cheminet », une venelle, comme on dit !
– Et moi, je dis qu'il n'y a pas de chemin ; le chemin, ça n'existe pas.

[Finalement qu'est-ce qui compte : l'endroit où l'on va ou le chemin qui y conduit ?]

– Le voyage, ça n'existe pas non plus. C'est l'endroit où l'on est qui compte ! Ici et maintenant.
– Non, pour moi, c'est le chemin qui compte ; le vrai voyage, c'est le voyage en lui-même, pas l'endroit où l'on va ; un voyage en avion n'est pas un vrai voyage. Ce n'est pas la fin du voyage qui compte, c'est le chemin qui y conduit. (*Hilare.*)
- Le pied qui décolle et le pied qui se pose, voilà les deux choses les plus importantes ! Non ? (*Silence.*)

marche entre l'enfer et le paradis • celui qui marche entre l'enfer et le paradis • celui qui marche entre l'enfer et le paradis • celui qui marche entre l'enfer et le paradis • Golfe du Morbihan, vers Baden. et le paradis •

KM61

178

Km 65. **Suzanne aime vivre près de l'océan.** Elle tient les chambres d'hôtes d'un village du golfe du Morbihan. Son mari exploite un bateau pour promener les touristes en été. Ils regrettent la fermeture de l'école du village, mais se réjouissent de la véranda qu'ils vont faire construire.
Le matin. Soleil par la fenêtre de la cuisine. Pain grillé. Café.

[Pour vous, que signifie l'expression « faire son chemin » ?]

C'est essayer de le mener à bien. Vivre chaque moment présent. Qu'il soit heureux. Le rendre heureux. Où qu'on soit.

[Le Paradis est au bout de mon chemin. Qu'y a-t-il au bout du vôtre ?]

Moi, je suis déjà au paradis. J'essaie que ça continue chaque jour. J'essaie de rendre chaque moment utile et agréable.

[Finalement qu'est-ce qui compte : l'endroit où l'on va ou le chemin qui y conduit ?]

Le chemin compte davantage que l'endroit où l'on va. Quand on est arrivé, après… C'est le moment où on avance qui est important. Quand on est arrivé, on a plus qu'à faire demi-tour… ou continuer… et pour aller où ? Qu'est-ce qu'on fait quand on est arrivé ? On s'ennuie ! Non ? Moi, je ne suis pas pressée d'arriver.

Km 90. **Sofia aime bien les gens qui « font la route ».** Elle les invite chez elle, simplement. Son compagnon, Jacky, ne dit rien. Son fils, Pierrick, que sa mère décrit comme fragile psychologiquement, a perdu son amie il y a deux ans : il aime montrer des photos d'elle aux invités de sa mère. Elle était noire et belle. Elle est partie.
Le soir, à table, chez eux. Musique forte. Les mots encore plus forts pour s'entendre. Cigarettes.

[Pour vous, que signifie l'expression
« faire son chemin » ?]

Che… min. Chemin. Faire son chemin… (*Rires.*)

[Le Paradis est au bout de mon chemin.
Qu'y a-t-il au bout du vôtre ?]

Je suis ennuyée par cette question car j'ai des copains dans
les deux clans : j'ai des copains en enfer, et d'autres au paradis.
Quant à choisir, je ne sais pas. Pourquoi pas un cocktail des deux ?
Pourquoi diviser ? Pourquoi choisir ? Enfer et paradis, c'est
un ensemble, une masse, que tu reçois sur la tête, sur le coup
de l'amertume… C'est pour ça qu'on fume… (*Fou rire.*)

[Finalement qu'est-ce qui compte :
l'endroit où l'on va ou le chemin qui y conduit ?]

Ça dépend des péripéties. Peu importe l'endroit où l'on va.
L'endroit où le chemin conduit n'est pas un point de non-retour.
Le chemin est à chaque instant un endroit où l'on va. Le but,
c'est le chemin. Ce qui compte, c'est le chemin. Oui, c'est cela,
seul compte le chemin. T'as pas une quatrième question ? (*Rires.*)

marche entre l'enfer et le paradis • celui qui marche entre l'enfer et le paradis • celui qui marche entre l'enfer et le paradis • celui qui marche entre l'enfer et le   Golfe du Morbihan, vers la pointe d'Arradon. le paradis •

KM83

KM90

Vers Auray. et le paradis • celui qui marche entre l'enfer et le paradis • celui qui marche entre l'enfer et le paradis • celui qui marche entre l'enfer et le paradis • celui qui marche entre l'enfer et le celui qui marche entre l'enfer et le paradis • celui qui marche entre l'enfer et le paradis • celui qui marche entre l'enfer et le paradis • celui qui marche entre l'enfer et le paradis • Estuaire de la Vilaine. Vers Billiers.

KM118

Km 196. **Claude, dit Cloclo, habite la région depuis toujours.** Il tient avec son amie un hôtel-restaurant du Pays nantais. Son hôtel n'est pas aux normes : tant mieux, Sylvain le veut d'abord ouvert aux copains. Le matin, au comptoir. Loto, PMU. Menu ouvrier en cuisine.

[Pour vous, que signifie l'expression « faire son chemin » ?]

Faire son chemin, c'est partir à l'aventure sans avoir d'itinéraire, sans se poser de questions.

[Le Paradis est au bout de mon chemin. Qu'y a-t-il au bout du vôtre ?]

Moi, j'en sais rien… Je vis au jour le jour. Au jour le jour ! Tu comprends ?

[Finalement qu'est-ce qui compte : l'endroit où l'on va ou le chemin qui y conduit ?]

Je ne veux pas savoir où je vais. Je préfère le chemin qui me conduit. Mais au jour le jour ! Oui, t'as compris : au jour le jour !

celui qui marche entre l'enfer et le paradis • celui qui marche entre l'enfer et le paradis • celui qui marche entre l'enfer et le paradis • celui qui marche entre l'enfer et le paradis • celui qui marche En Brière. et le paradis •

KM149

Km 258. **Sylvie travaille à Nantes, Benjamin à La Roche-sur-Yon.** Ils s'installent ensemble à la campagne, à mi-chemin. Sur le trottoir, en plein déménagement. Voiture garée, coffre ouvert. Cartons. Pause.

[Pour vous, que signifie l'expression « faire son chemin » ?]

C'est aller vers ce pour quoi on est fait. Trouver sa destinée. Faire son expérience sans vraiment savoir où l'on va, vers l'endroit où l'on sent que l'on doit aller. C'est le cheminement de la vie.

[Le Paradis est au bout de mon chemin. Qu'y a-t-il au bout du vôtre ?]

Notre paradis à nous. Chacun son paradis. Et alors, vous écrivez un livre ?

[Finalement qu'est-ce qui compte : l'endroit où l'on va ou le chemin qui y conduit ?]

L'endroit qui compte, c'est celui où l'on est. Peu importe où l'on va dès lors que l'on est au bon endroit. Pour nous, aujourd'hui, le bon endroit, c'est ici, dans ce village. J'espère. Et votre livre ? Quand sort-il, votre livre ?

entre l'enfer et le paradis • celui qui marche entre l'enfer et le paradis • celui qui marche entre l'enfer et le paradis • celui qui marche entre l'enfer et le paradis • celui qui La route nationale 121, le para

KM156

Km 264. **Marcel et Jeanne furent les premiers à avoir un gîte rural dans la région.** Aujourd'hui, ils reçoivent surtout des ouvriers travaillant sur les chantiers environnants, dans un gîte qui n'a pas changé depuis son ouverture, dans les années 1960.
Dans l'entrée du gîte, éclairée au néon. Papier peint, toile cirée, chaussons.

[Pour vous, que signifie l'expression
« faire son chemin » ?]

Faire son chemin, c'est se fixer des objectifs et faire ce que l'on peut pour y arriver. C'est ça, le chemin de la vie.

[Le Paradis est au bout de mon chemin.
Qu'y a-t-il au bout du vôtre ?]

On pense toujours que l'on prend la bonne route, et que c'est la route du paradis ; on nous a toujours dit que la route du paradis n'est pas facile, qu'il y a des épines sur le chemin. Le paradis, c'est pour plus tard. Et le bonheur, on ne le trouve pas toujours ici. En attendant, nous avançons. Au moins, nous essayons.

[Finalement qu'est-ce qui compte :
l'endroit où l'on va ou le chemin qui y conduit ?]

Le chemin que l'on prend, on ne le choisit pas toujours ; parfois, la vie vous réserve des imprévus. On fait de son mieux pour suivre la bonne route, pour aller au paradis. Mais on est obligé de faire des zigzags… Vraiment, ça tourne beaucoup.

celui qui marche entre l'enfer et le paradis • celui qui marche entre l'enfer et le paradis • celui qui marche entre l'enfer et le paradis • celui qui marche entre l'enfer et le paradis • celui qui marche entre l'enfer et le

marche entre l'enfer et le paradis • celui qui marche entre l'enfer et le paradis • celui qui marche entre l'enfer et le paradis • celui qui marche entre l'enfer et le paradis • celui qui marche **Saint-Nazaire**.et le paradis •

KM171

KM173

Saint-Nazaire : la base sous-marine.

Saint-Nazaire : la base sous-marine.

KM175

KM180 Saint-Nazaire. Le port. Usine Arcelor. marche entre l'enfer et le paradis • celui qui marche entre l'enfer et le paradis • celui qui marche entre l'enfer et le paradis • celui qui marche entre l'enfer et le

Km 290. **Thérèse est très pieuse.** Elle vénère la Sainte Vierge, qui orne sa maison à foison. Elle appartient à l'ordre de Malte. Son père était chevalier du Saint-Sépulcre.
Chez elle. Son mari assis dans son fauteuil. Carillon, babioles, parquet qui craque.

[Pour vous, que signifie l'expression
« faire son chemin » ?]

Ah… je vais demander à mon mari. *(Puis soudain :)* Faire son chemin, c'est faire des pèlerinages. Moi, j'étais très « pèlerinages », j'allais à Lourdes tous les ans, je m'occupais des personnes malades et handicapées ; tout ça.

[Le Paradis est au bout de mon chemin.
Qu'y a-t-il au bout du vôtre ?]

Le ciel… ou l'enfer, selon ce que la Sainte Vierge décidera… Moi, j'aime bien me rendre utile auprès des personnes. Vous voyez ?

[Finalement qu'est-ce qui compte :
l'endroit où l'on va ou le chemin qui y conduit ?]

Le chemin qui compte, c'est celui qui vous conduit vers les détresses. J'aime bien « me dévouer » ; j'aide ma femme de ménage ; je vous ai donné à manger. C'est ça mon chemin, mon chemin de dévouement.

KM190

Vers Saint-Brévin-les-Pins.

marche entre l'enfer et le paradis • celui qui marche entre l'enfer et le paradis • celui qui marche entre l'enfer et le paradis • celui qui marche entre l'enfer et le paradis • celui... Vers Saint-Brévin-l'Océan.

KM194

Km 387. Michel a traversé l'ouest de la France à pied l'été dernier avec sa femme, ses deux jeunes enfants et deux ânes. Ils plantaient leur tente chez l'habitant et étaient heureux.
Dans la rue. Bruit des voitures. Sortie du travail. Gamins revenant de l'école.

[Pour vous, que signifie l'expression « faire son chemin » ?]

Décider de sa vie ; et ne pas se laisser emballer par des choix qui ne sont pas les siens. Être heureux, essayer.

[Le Paradis est au bout de mon chemin. Qu'y a-t-il au bout du vôtre ?]

Il y a le bonheur ; mais j'essaye qu'il ne soit pas tout au bout mais plutôt sur le chemin. La clé, c'est le bonheur, avec, au bout, un monde meilleur.

[Finalement qu'est-ce qui compte : l'endroit où l'on va ou le chemin qui y conduit ?]

Ah ! C'est le chemin qui compte, sans aucune hésitation. Peu importe où l'on va. Il ne faut pas marcher en se disant que le bonheur est à l'arrivée ; il ne faut pas être en quête, sinon on se rend compte qu'à l'arrivée on n'a rien eu ! De l'été dernier quand nous avons voyagé, je me souviens surtout de toutes les étapes du trajet, du foin à donner aux ânes tous les soirs, de la pluie qui nous a souvent accompagnés, et de la liberté, tous les jours, toutes les heures, des imprévus, de tout ce qui n'était pas écrit. La destination n'était qu'un prétexte pour vivre comme nous désirions vivre. Notre but est de profiter du chemin.

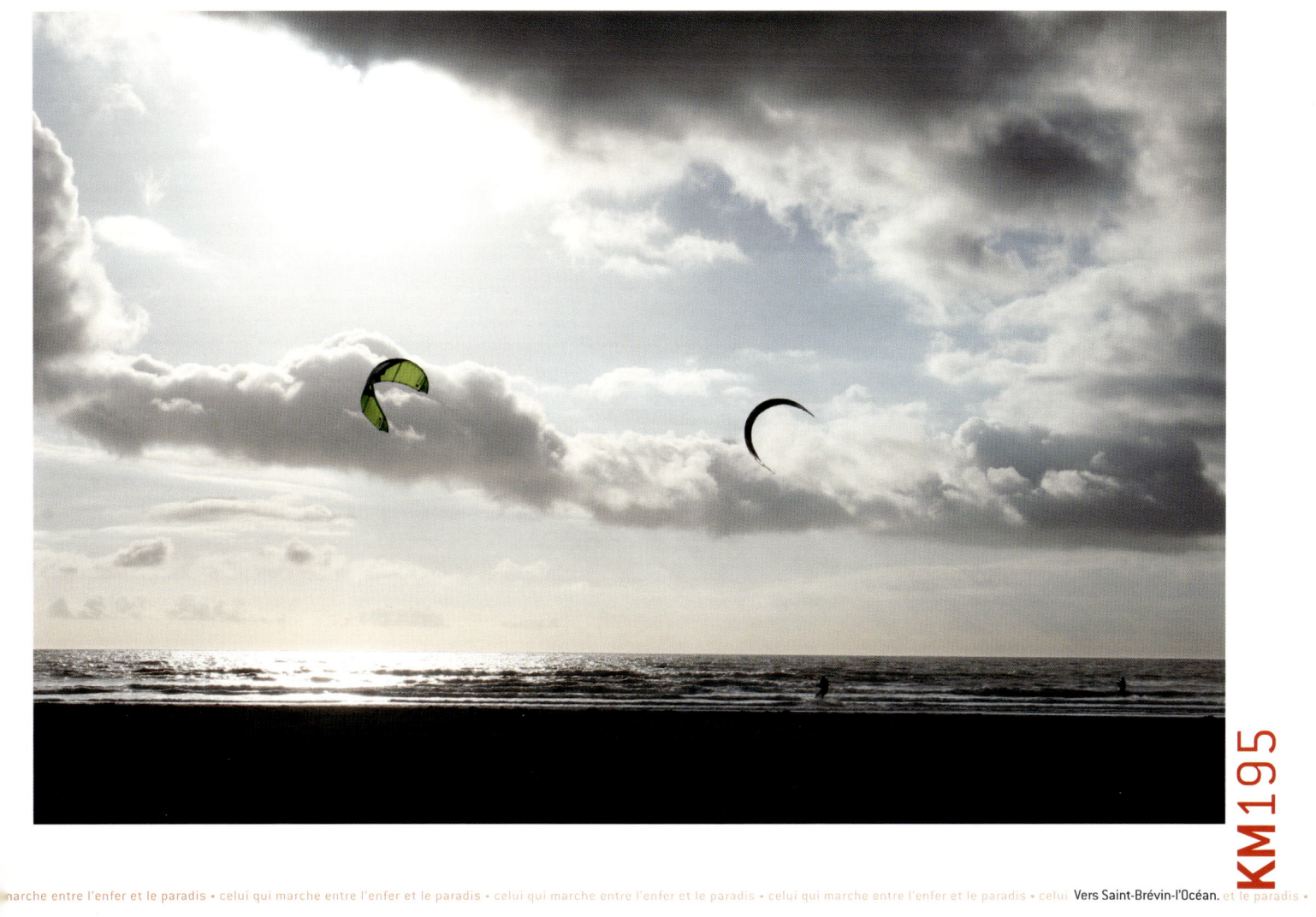

celui qui marche entre l'enfer et le paradis • celui qui marche entre l'enfer et le paradis • celui qui marche entre l'enfer et le paradis • celui qui marche entre l'enfer et le paradis • celui **Vers Saint-Brévin-l'Océan.** et le paradis •

KM195

KM205   Vers Saint-Père-en-Retz. • celui qui marche entre l'enfer et le paradis • celui qui marche entre l'enfer et le paradis • celui qui marche entre l'enfer et le paradis • celui qui marche entre l'enfer

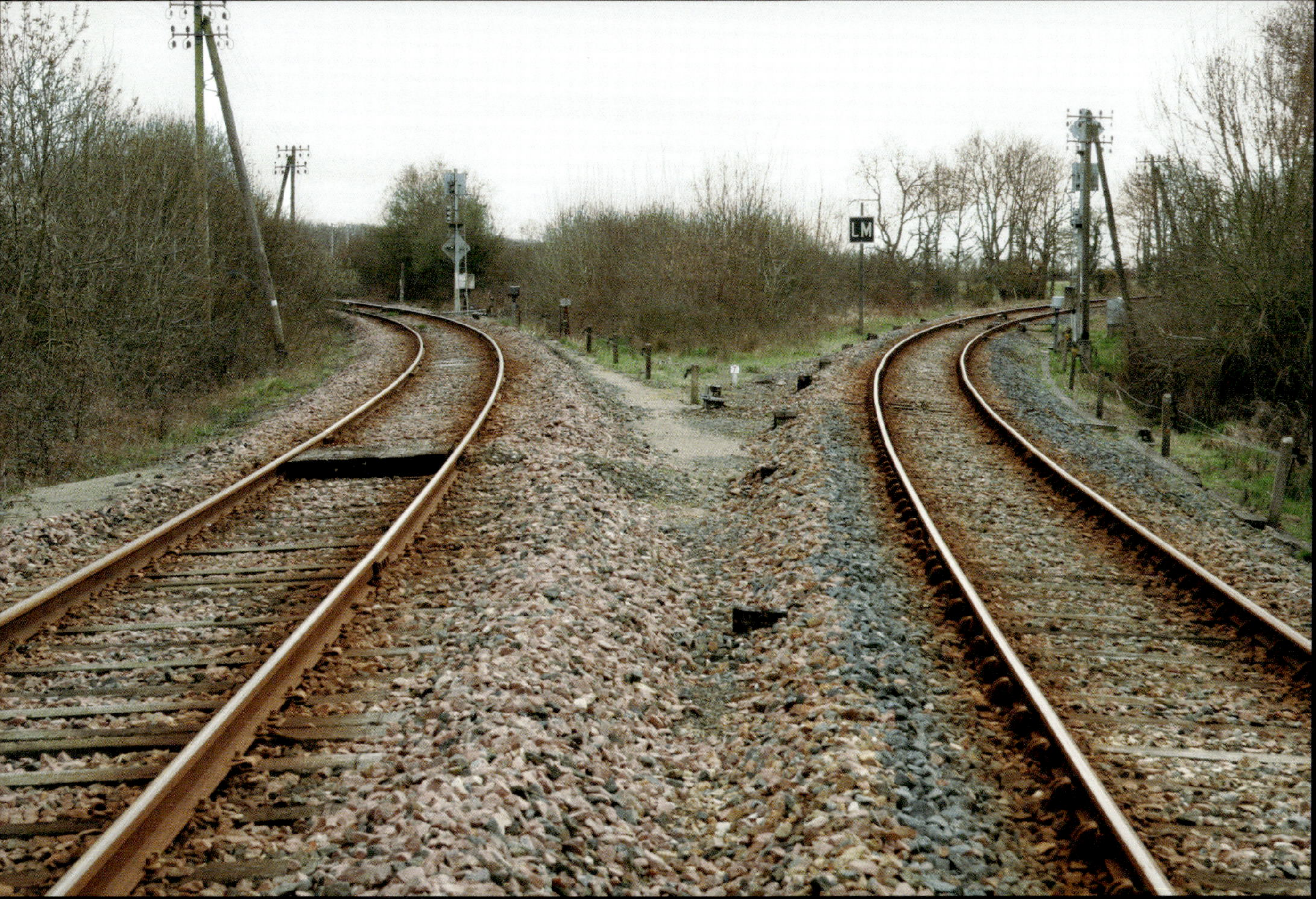
LM

KM262 qui marche **Traîne d'une nouvelle perturbation.** qui marche entre l'enfer et le paradis • celui qui marche entre l'enfer et le paradis • celui qui marche entre l'enfer et le paradis • celui qui marche entre l'enfer et l

celui qui marche entre l'enfer et le paradis • celui qui marche entre l'enfer et le paradis • celui qui marche entre l'enfer et le paradis • celui qui marche entre l'enfer et le paradis • celui qui marche entre l'enfer et le paradis •

KM265

KM271 Vers Saint-Sulpice-le-Verdon.

celui qui marche entre l'enfer et le paradis • celui qui marche entre l'enfer et le paradis • celui qui marche entre l'enfer et le paradis • celui qui marche entre l'enfer et le paradis • celui qui marche entre l'enfer et le paradis •

KM275

KM291

celui qui marche entre l'enfer et le paradis • celui qui marche entre l'enfer et le paradis • celui qui marche entre l'enfer et le paradis • celui qui marche entre l'enfer et le paradis • celui qui marche entre l'enfer et l

KM295

rche entre l'enfer et le paradis • celui qui marche entre l'enfer et le paradis • celui qui marche entre l'enfer et le paradis • celui qui marche entre l'enfer et le paradis • celui qui marche entre l'enfer et le paradis •

Km 412. **Laurence et Paul tiennent des chambres d'hôtes dans un village du Poitou.** Ils font des confitures maison, prennent des cours de communication non violente et ouvrent volontiers leur table aux visiteurs. À table. Beurre des Charentes, confiture d'églantier, pain frais.

[Pour vous, que signifie l'expression « faire son chemin » ?]

(*Silence.*) Pour moi, c'est trouver sa voie dans la vie. Dans sa vie.

[Le Paradis est au bout de mon chemin. Qu'y a-t-il au bout du vôtre ?]

Le paradis aussi ! (*Rires.*) Mais le paradis, c'est tous les jours, tout au long du chemin. Au bout du chemin, c'est l'inconnu, heureusement…

[Finalement qu'est-ce qui compte : l'endroit où l'on va ou le chemin qui y conduit ?]

C'est le chemin qui compte. Savez-vous où vous allez, vous ?

celui qui marche entre l'enfer et le paradis • celui qui marche entre l'enfer et le paradis • celui qui marche entre l'enfer et le paradis • celui qui marche entre l'enfer et le paradis • celui qui marche entre l'enfer et le paradis

KM327

KM355

Forêt de Mervent.

celui qui marche entre l'enfer et le paradis • celui qui marche entre l'enfer et le paradis • celui qui marche entre l'enfer et le paradis • celui qui marche entre l'enfer et le paradis • celui qui marche entre l'enfer et le paradis •

KM372

KM393

Vers Vouillé. L'autoroute A10.

Km 422. René arpente les rues de son village, cigarette au bec, sur sa vieille mobylette. Dans sa carriole il a une tronçonneuse, qu'il utilise pour faire de petits travaux, à droite, à gauche.
À un carrefour. Devant sa mobylette bleue, odeur du moteur deux-temps encore chaud. Personne d'autre alentour.

[Pour vous, que signifie l'expression « faire son chemin » ?]

(*Rires.*) Faire son chemin, je ne sais pas mais ça doit être difficile ! Moi, je ne pourrais pas le faire. En mobylette, à vélo, oui ; mais à pied, non.

[Le Paradis est au bout de mon chemin. Qu'y a-t-il au bout du vôtre ?]

Pour l'instant, ça va être la soupe. Et puis après aller travailler. On est à la campagne, là, hein ?

[Finalement qu'est-ce qui compte : l'endroit où l'on va ou le chemin qui y conduit ?]

Pour moi, c'est le chemin pour aller travailler. Je suis cultivateur, tout ça ; j'ai des moutons, des lapins, des poules ; je ne peux pas m'en aller sans emmener mes animaux. Voilà.

KM404 Le bout du chemin.

celui qui marche entre l'enfer et le paradis • celui qui marche entre l'enfer et le paradis • celui qui marche entre l'enfer et le paradis • celui qui marche entre l'enfer et le paradis • celui qui marche entre l'enfer et le paradis

KM420

Km 430. **Sylviane, 92 ans, vit dans une grande maison au bout d'une allée.** Sourde d'une oreille, elle écoute la télévision très fort ; elle aime parler d'une voie forte et franche de sa vie, qu'elle mène depuis cinquante ans dans cette maison familiale.
Dans l'obscurité de son salon. Rideaux fermés, bibelots, souvenirs.

[Pour vous, que signifie l'expression « faire son chemin » ?]

L'expression ? Vivre à sa guise, mais dans de bonnes conditions, et d'une façon respectable.

[Le Paradis est au bout de mon chemin. Qu'y a-t-il au bout du vôtre ?]

Le paradis aussi, j'espère ! Moi, je suis croyante… très croyante… parce que je ne vois pas ce que ferait l'homme sur la terre, un être parfait, que Dieu a fait parfait, s'il n'y avait pas une échéance heureuse. Et je crois en cette échéance heureuse.

[Finalement qu'est-ce qui compte : l'endroit où l'on va ou le chemin qui y conduit ?]

(Silence.) L'endroit où l'on va, ou le chemin qui y conduit… *(Silence.)* Cela peut être un chemin facile. *(Silence.)* Ou cela peut être un chemin rocailleux. *(Silence.)* On aimerait mieux un chemin facile…

celui qui marche entre l'enfer et le paradis • celui qui marche entre l'enfer et le paradis • celui qui marche entre l'enfer et le paradis • celui qui marche entre l'enfer et le paradis • celui qui marche entre l'enfer et le paradis

KM423

KM425

celui qui marche entre **Vers Melle.** paradis • celui qui marche entre l'enfer et le paradis • celui qui marche entre l'enfer et le paradis • celui qui marche entre l'enfer et le paradis • celui qui marche entre l'enfer et le

Le Paradis. Km 450. Marcel, 80 ans, vit au Paradis où il cultive son potager. Il me fait visiter le Paradis, hameau à cheval sur deux communes : Beaulieu-sur-Sonnette et Ventouse. À l'en croire, le Paradis serait donc un « beau lieu venté ».

[Pour vous, que signifie l'expression « faire son chemin » ?]

(Silence.) C'est faire son chemin… personnel.

[Le Paradis est au bout de mon chemin. Qu'y a-t-il au bout du vôtre ?]

Ah… Au bout de mon chemin, il y a le paradis dont on ne revient pas. Que voulez-vous qu'il y ait d'autre ?

[Finalement qu'est-ce qui compte : l'endroit où l'on va ou le chemin qui y conduit ?]

Ce qui compte, c'est l'endroit où l'on reste. On ne sait pas ce qui se passe au bout parce qu'il n'y a personne qui en revient ; tandis que sur le chemin que l'on fait, on croise toujours quelqu'un ! Ça doit être bien le paradis, puisque personne n'en revient, hein ?

Les trois questions posées au vent. En route.

[Pour vous, que signifie l'expression « faire son chemin » ?]

… Souffle du vent dans les arbres…

[Le Paradis est au bout de mon chemin. Qu'y a-t-il au bout du vôtre ?]

… Souffle du vent dans les arbres…

[Finalement qu'est-ce qui compte : l'endroit où l'on va ou le chemin qui y conduit ?]

… Souffle du vent dans les arbres…

Le Paradis. Communes de Beaulieu-sur-Sonnette et de Ventouse (Charente). Larousse : « Paradis : lieu de séjour des âmes des justes après la mort. Jardin de délices où Dieu plaça Adam et Ève. »

© le cherche midi, 2008
23, rue du Cherche-Midi, 75006 Paris
Vous pouvez consulter notre catalogue général et l'annonce de nos prochaines parutions
sur notre site Internet : cherche-midi.com

Conception graphique : Corinne Liger
Photogravure : Atelier Édition
Imprimé en France par Pollina - L48454B
Dépôt légal : octobre 2008
N° d'édition : 1312
ISBN : 978-2-7491-1312-8